Edward Dorer-Egloff

Die Schyrentöchter oder deutsche Frauenwürde

Edward Dorer-Egloff

Die Schyrentöchter oder deutsche Frauenwürde

ISBN/EAN: 9783743363113

Hergestellt in Europa, USA, Kanada, Australien, Japan

Cover: Foto ©Andreas Hilbeck / pixelio.de

Manufactured and distributed by brebook publishing software
(www.brebook.com)

Edward Dorer-Egloff

Die Schyrentöchter oder deutsche Frauenwürde

Die Schyrentöchter

oder

Deutsche Frauenwürde.

~~~~~~~~~

Von

Edward Dorer - Egloff.

Baden,

J. Zehnder's Buchdruckerei.

1862.

Des Dichters Rückblick.

Die Germanen und ihre Frauen.

Nach vorhandenen Berichten wurden schon wankende, weichende Schlachtordnungen von den Frauen durch anhaltendes Flehen, durch Vorhalten der Brüste und durch Hinweisung auf die drohende Gefangenschaft oft wieder hergestellt. Peinlich ist für sie die Gefangenschaft, vorzüglich die ihrer Frauen; ja man glaubt, den Geist der Staaten am meisten zu verpflichten, wenn unter den Geiseln auch edle Jungfrauen erhältlich seien. Nach ihrer Ueberzeugung liegt in ihnen etwas Heiliges und Vorahnendes; nie verachten sie ihren Rath; sie folgen ihren Aussprüchen. Wir sahen, wie unter dem erhabenen Vespasian Veleda fast allerwärts für ein höheres Wesen gehalten wurde; aber auch früher schon waren Aurinia und andere mehr hochverehrt, ohne dass sie aus kriechender Schmeichelei zu Gottheiten erhoben wurden.

Tacitus: „Ueber Germania."

Frauenlob.

Durchsüezet und geblüemet sint die reinen frouwen:
ez wart nie niht sô wünnecliches an ze schouwen
in lüften noch ûf erden noch in allen grüenen ouwen.
liljen unde rôsen bluomen, swâ die liuhten
in meien touwen durch daz gras, und kleiner vogele sanc,
daz ist gein solcher wünnebernden frőide kranc,
swâ man siht schoene frouwen, daz kan trüeben muot erfiuhten,
und leschet allez trûren an der selben stund,
sô lieblich lache in liebe ir süezer rôter munt
und strâle ûz spilnden ougen schieze in mannes herzen grunt.

Walther von der Vogelweide.

Würde der Frauen.

Ehret die Frauen! sie flechten und weben
Himmlische Rosen ins irdische Leben,
Flechten der Liebe entzückendes Band.
Und in der Grazie züchtigem Schleier
Nähren sie wachsam das ewige Feuer
Schöner Gefühle mit heiliger Hand.

Ewig aus der Wahrheit Schranken
Schweift des Mannes wilde Kraft;
Unstät treiben die Gedanken
Auf dem Meer der Leidenschaft;
Gierig greift er in die Ferne,
Nimmer wird sein Herz gestillt;
Rastlos durch entlegne Sterne
Jagt er seines Traumes Bild.

Aber mit zauberisch fesselndem Blicke
Winken die Frauen den Flüchtling zurücke,
Warnend zurück in der Gegenwart Spur.
In der Mutter bescheidener Hütte
Sind sie geblieben mit schamhafter Sitte,
Treue Töchter der frommen Natur.

     Feindlich ist des Mannes Streben,
     Mit zermalmender Gewalt
     Geht der Wilde durch das Leben,
     Ohne Rast und Aufenthalt.
     Was er schuf, zerstört er wieder,
     Nimmer ruht der Wünsche Streit,
     Nimmer, wie das Haupt der Hyder
     Ewig fällt und sich erneut.

Aber zufrieden mit stillerem Ruhme
Brechen die Frauen des Augenblicks Blume,
Nähren sie sorgsam mit liebendem Fleiss,
Freier in ihrem gebundenen Wirken
Reicher als er, in des Wissens Bezirken
Und in der Dichtung unendlichem Kreis.

     Streng und stolz, sich selbst genügend,
     Kennt des Mannes kalte Brust,
     Herzlich an ein Herz sich schmiegend,
     Nicht der Liebe Götterlust,
     Kennet nicht den Tausch der Seelen,
     Nicht in Thränen schmilzt er hin;
     Selbst des Lebens Kämpfe stählen
     Härter seinen harten Sinn.

Aber, wie leise vom Zephyr erschüttert,
Schnell die äolische Harfe erzittert;
Also die fühlende Seele der Frau
Zärtlich geängstigt vom Bilde der Qualen,
Wallet der liebende Busen, es strahlen
Perlend die Augen von himmlischem Thau.

In der Männer Herrschgebiete
Gilt der Stärke trotzig Recht;
Mit dem Schwert beweist der Scythe,
Und der Perser wird zum Knecht.
Es befehden sich im Grimme
Die Begierden wild und roh,
Und der Eris rauhe Stimme
Waltet, wo die Charis floh.

Aber mit sanft überredender Bitte
Führen die Frauen den Scepter der Sitte,
Löschen die Zwietracht, die tobend entglüht.
Lehren die Kräfte, die feindlich sich hassen,
Sich in der lieblichen Form zu umfassen
Und vereinen was ewig sich flieht.

Friedrich von Schiller.

Die Schyrentöchter

oder

Deutsche Frauenwürde.

- - - - - - - -

Der Dichter.

Das Rosenjahr.

Das ist das Jahr der Rosen; sie prangen wunderbar;
Sie waren auch schon selten; ja fehlten ganz und gar!
Ich sammle da in Vasen die schönsten aus der Schaar,
Dass spät der Duft noch zeuge vom schönen Rosenjahr.

Dem Abmahnenden.

--

Ich lasse hohe Frauen im Liede wiederblühn;
Da sprechen nun die Leute: was willst du dich bemühn;
Ich lächle still und frage: Wie, ist es schwer und kühn,
Den Duft der Rosenblüthen im Athmen einzuziehn?

Dem Günstigen.

Wenn auf der Gletscher Firne die Rosenau erblüht,
Begrüsst der Hirt die Sonne, die dort nur wiederglüht;
Wenn auf des Seees Spiegel erglänzt das milde Gold,
Da denkt und ruft der Schiffer: Wie spielt der Mond so hold!

Vernimmst du meine Lieder, verschwende nicht die Gunst!
Es irrt sich, wer da denket: da walte frei die Kunst.
O sieh die Schyrentöchter! Sie sind die Sonnenpracht,
Die wie die Memnonssäule mein Herz erklingen macht.

Helene.

Nacht und Sterne.

Den Schmelz der Erdenblüthen verhülle nur, o Nacht!
Wie eitel ist dein Grollen; wie eitel ist dein Mühn!
Du förderst ohne Willen des Schönen Strahlenpracht;
O sieh! wie uns zu Häupten so licht die Sterne blühn!

Maria.

Der Königin Traum in Neapel.

„Noch schliesst der Schlummer neidisch der Gattin Auge zu;
Wie schön! ein zartes Lächeln verklärt die süsse Ruh.
Doch sieh! es bebt, erwachet in Angst die Königin;
Was ist, o sprich, geschehen; was trübt noch deinen Sinn?"

„„Es weilte meine Seele so froh am Isarstrand,
Wo mir der Meinen Liebe die ersten Kränze wand;
Neapels Blumenauen durchzog ich voller Lust;
Da schlug so minneselig das Herz in meiner Brust!""

„„Bald zischten ringsum Nattern und störten meinen Gang;
Ich wich in sichre Stätte vor wildem Ueberdrang.
Das Bild der schönen Tage zu schnell verblich es, ach!
Was folgt des Traumes Schauer mir immer frisch noch nach!""

Helene.

Freude und Leid.

Ich spielte mit der Rose; es stach ein Dorn mich da;
Wie liegen schönstem Loose doch Schmerz und Klage nah!

Maria.

Der Kronenwechsel in Gaëta.

—— ——

„Verderben drohn die Sarden; sie lagern weit umher;
Vor ihrem wilden Feuer erzittern Land und Meer.
Noch beut der Franken Flotte zu Schirm und Heil sich an;
O scheide du von hinnen auf freier Wogenbahn!"

„„Was redest du von Scheiden? Das brächte erst mir Schmerz!
Mag Alles ringsum zittern, es zittert nicht mein Herz.
Die Deutschen üben Treue; fürwahr! die ziemt auch mir!
Ich bleibe bis zum Tode zur Seite, Gatte, dir!"„

Wie bittend schmiegt die Hehre sich an des Königs Brust;
In seinen stillen Thränen erglänzt des Herzens Lust:
„Wenn auch Neapels Krone, die goldne, schöne bricht,
Dir blühet eine schönre, die raubt die Zeit dir nicht!"

In der Kasematte.

—

„Wo willst du hin, mein Gatte?"   „„Mich ruft der Hörner Schall
Und stärker noch die Ehre hinaus zum Sternenwall.""
„O lass mich dich geleiten!"   „„Gefahren lauern dort;
Wohl weilest ohne Schande du hier am sichern Ort.""

„Was bangst du so? Ich komme; mir drohet dort Gefahr
Nicht mehr als dir ja selber und deiner treuen Schaar.
Kein Sperling fällt vom Dache, wenn Gott es nicht erlaubt;
Wie über euch, so waltet er über meinem Haupt!"

Auf dem Walle.

— —

Im Kugelregen stehet das junge Königspaar.
Es jauchzet rings vor Freude der Treuen tapfre Schaar.
„Die Herrin — weh! sie blutet!" so schallt es bang und laut
Und spähend nach der Hohen ein jedes Auge schaut.

In Ruhe heiter lächelt die Königin und spricht:
„Ein Kugelsplitter streifte ja nur mein Angesicht.
O zürnet nicht der Kugel ob diesem Närbchen hier;
Die Narben sind ja immer der Kühnen Lust und Zier!"

Die Krankenwärterin.

— ——

O Kugel, frevle Kugel, was hast du da gethan?
Es sank die fromme Schwester! Wie durftest ihr du nahn?
Sie war die Liebe selber, ein Engel in der Noth;
Wo steht so eine zweite uns Armen zu Geboth?

Das jammern in Gaëta die Kranken allzumal;
Da naht ein Weib voll Würde. Sie schreitet durch den Saal.
Des Herzens reinste Güte verräth ein jeder Blick;
Ihr Reden wird zu Balsam, zum Trost im Missgeschick.

Da reicht sie edle Säfte und löscht des Durstes Pein;
Dort wäscht sie selbst die Wunde von Blut und Staube rein.
Sie waltet unverdrossen; sie gönnt sich keine Rast;
Es ist als ob die Kräfte sich mehrten mit der Last.

Ist Wahrheit oder Traum es? das fragt sich Mann für Mann;
Die Königin? die hohe? — Sie nimmt sich unsrer an!
Die Augen werden heller, vergessen ist der Schmerz
Und frischer Muth des Lebens durchdringt ein jedes Herz.

So lösen düstre Nebel sich rings zu Berg und Thal,
Sobald auf sie nur fallet der Sonne goldner Strahl;
So hebt sich Alles wieder empor auf trockner Au,
Sobald hernniederträufelt des Morgens Perlenthau.

Helene.

Theilnahme.

Ich denke an Maria zu jeder Tagesstunde;
Kein Brieflein will sich zeigen mit lang ersehnter Kunde;
Mich fasst ein tiefes Bangen; o wüchsen doch mir Flügel;
Ich säumte nicht, ich flöge wohl über Thal und Hügel.

Wie wollte nach Gaëta, dem Felsenhorst ich eilen;
Da müsste all mein Leiden an ihrem Blick sich heilen!
Da gäb es süsses Grüssen, ein Hin- und Wiederfragen!
Da würde gern und rüstig mit ihr die Last ich tragen;

O Täubchen dort am Bronnen, was regst du so die Schwingen?
Wie! fühlst du nicht: das müsse der Herrin Schmerzen bringen?
Mir wurde viel gegeben; mir winken viele Freuden,
Doch muss ich jetzt, mein Täubchen, von Herzen dich beneiden!

Maria.

Die beste Würze.

Zur Tafel führt der König die junge Königin;
Sie sehn mit kurzem Blicke gar leicht darüber hin.
Da spricht der König lächelnd: „Wohl einfach ist das Mahl;
Wir müssen uns begnügen; wir haben keine Wahl."

Die Holde lächelt wieder: „Schon gut! Gaëtas Koch
Versteht die Kunst; er mehret von Tag zu Tag sie noch;
Die Speisen würzt er trefflich; er macht aus Wasser Wein;
Der beste Koch der Hunger! Das Sprüchlein trifft wohl ein."

Helene.

Das Ruhekissen.

Marias zarte Glieder ach! ruhn auf hartem Pfühl;
Da fehlen Blumendüfte, ja! Lüfte rein und kühl;
Ein kleines Lämpchen flackert und spendet kargen Schein.
Doch schläft sie sanft und ruhig. Ihr fragt, wie kann das sein?

Was frommen Rosen, Myrthen? Was frommt der Leuchter Gluth?
Was frommen Sammt und Seide? Sie sind wohl schön und gut?
Doch bleibt ein rein Gewissen das beste Pfühl für Ruh;
Auf diesem schliesst der Schlummer auch ihr das Auge zu.

Maria.

Die Feuerprobe.

–––––

„Wie Blitz und Schlag sich folgen im Wolkenmeer von Dampf!
Ha, stürzt die Hölle selber heran zum letzten Kampf!"
„„Der Felsenboden wanket, es schwankt, es stürzt der Wall,
Er deckt mit Schutt und Trümmern die Treuen dort im Fall!""

„Auf! gürte mir die Lenden! Der Himmel sei dein Hort!
Noch einen Kuss! Dir grauet? Der Deine hier und dort!"
„„Ich weiss mir Gott zu Häupten und dich zur Seite nah, —
Da nimm den Kuss! — Wie graute, Geliebter, wohl mir da?""

Das Sühnopfer.

— ..

Gaëta ist gefallen im harten Waffenstrauss;
Stolz schaut des Sarden Fahne auf Land und Meer hinaus.
Schon steht im Frankenschiffe zur Fahrt das Königspaar;
Noch einmal grüsst die Heldin der Kämpen treue Schaar.

Wie prahlest, spricht sie, Fahne, du dort auf Rolands Thurm;
Die Hand, die Sturm gesäet, die ärndtet wieder Sturm;
Des Menschen frevles Wollen — es wird, es muss vergehn;
Im Strom der Zeiten bleibet nur Gottes Wille stehn.

Neapel, ach! Neapel, dir schlug des Gatten Herz;
Wer Lieben lohnt mit Hassen, der bricht als Frucht den Schmerz;
Wohl hast du arg gehandelt; es straft sich jeder Wahn;
Dir gnade Gott; er nehme mein Leid zur Sühne an!

Der König winket stille; der Anker löst sich gleich;
Schon schwindet aus den Blicken Neapels schönes Reich.
Der König sinkt in Trauer; die Augen werden feucht;
Sie küsst ihm weg die Thräne, die aus den Lidern weicht.

Der Dichter.

Die Perle.

Oft wirft an seine Ufer im wilden Wogenstrauss
Das Meer aus seinem Horte die schönste Perle aus.
Die Perle bleibet immer sich gleich an Werth und Pracht;
Das Meer doch hat sich selber um einen Schatz gebracht.

Maria, o du hehre! du bist der Edelstein;
Verrathen, ausgestossen, wie strahlst du licht und rein!
Neapel, ach! ich sehe in dir das wilde Meer;
Dein Kleinod leuchtet ferne, dich schmückt es nimmermehr!

Maria.

Der Talisman.

Es weilt in Rom der König; verloren ist sein Gut;
Ihn flieht der Trost der Hoffnung; ihm ist gar schwer zu Muth.
Maria naht, die holde; er neigt den Blick in Schaam;
Ihr Auge strahlt in Milde; zu Thränen wird sein Gram.

„Mich täuschten falsche Freunde; zu gläubig war mein Herz;
Die Schuld bestraft sich immer; mich trifft mit Recht der Schmerz.
O lass allein mich weinen! Dir blühe fort das Glück!
O kehre zu den Deinen, mein liebes Weib zurück!"

„„Dir schwur ich Lieb und Treue; kein Unglück löst mein Wort;
Ich fühle keine Reue; die Liebe dauert fort.
O nenne Liebe nimmer, was mit dem Glück entflieht;
Ein Stern bewahrt den Schimmer, wenn ihn Gewölk umzieht!"„

Die Holde sinket lächelnd dem König an die Brust;
In seinem Auge leuchtet aus Thränen süsse Lust,
Und schöner leuchtet nimmer des Morgens helles Licht,
Wenn nach der Nächte Grauen es sich im Thaue bricht.

„Du warst in meiner Krone der schönste Edelstein;
Die Krone nahm der Sarde; ihr schönstes bleibt doch mein!
Ob Lust uns hegt und hebet, ob Leiden stürmen an,
In Frauenseelen lebet der beste Talisman!"

Die Vergeltung.

In Eile naht der Page: „O Herrin, welche Kunde!
Graf Cavour ist gestorben; das tönt von Mund zu Munde.
So machte Gott zur Hälfte der Gegner Macht zu nichte!
Ihr Haupt, o Freude! stehet vor höchstem Strafgerichte!"

Gar finster blickt die Herrin: „„Du wünschest strenges Richten!
Wie! hast du nicht im Herzen noch Spreu und Korn zu sichten?
O lass die Todten ruhen! Dem Gegner ist vergeben;
Ihn mag des Himmels Gnade umfliessen und erheben!"″

Der Page senkt die Blicke; er eilt beschämt von hinnen;
Die Herrin betet stille in tiefem ernstem Sinnen.
Da fällt auf sie vom Himmel ein Strahl von seinem Lichte
Und ruhet holdverklärend auf ihrem Angesichte.

Werth der Gaben.

"Was sinust du, lieber Gatte? Was trübt so deinen Blick?
Wie, nahte deinem Haupte ein neues Missgeschick?"
""Am Land der Ahnen hanget, du weist es ja, mein Herz!
Es war und bleibt auf immer sein Leid mein tiefster Schmerz.""

""Des Vesuvs wildes Toben vershlang so manches Glück;
O könnte helfend, rettend zur Heimat ich zurück;
O wäre mir beschieden noch königlicher Hort;
Wie reichlich wollte spenden ich Tröstung fort und fort!""

"Wohl sind wir arm; im Banne! doch ohne unsre Schuld ;
Und kleinste Gabe dienet zum Heil mit Gottes Huld.
Wer seine Pflicht hienieden nach seiner Kraft gethan,
Den lächelt einst im Himmel des Friedens Palme an."

Maria holt ein Kästchen; sie legen Gold hinein;
Es blinkt das Gold im Kästchen gar freudig, licht und rein;
Es scheinet still zu sagen zu Trost dem Königspaar:
O denkt, wie lieb dem Herren der Wittwe Schärflein war!

Stets unverzagt.

Mit hohen Herren reitet Neapels Königin;
Der Zelter trägt die Holde mit Lust und Stolz dahin;
Die Hufe schlagen helle; sie reitet leicht und kühn;
Das Folgen macht den Herren das Antlitz weidlich glühn.

Entgegen steht ein Graben; sie schaut ihn unverzagt;
„Das Setzen zeigt den Meister; wohlan, es sei gewagt!"
Sie drängt zum Flug den Zelter; durchflogen ist die Bahn;
Sie schwenkt das Federhütchen; sie lächelt jene an.

„Ei, meine werthen Herren, was muss mein Auge sehn?
Ihr bleibet vor dem Graben so säumig, zaghaft stehn!
Vergessen scheint das Sprüchlein: Dem Kühnen lacht das Glück!
O prägt es in die Seele! O weist es nie zurück!

Der Dichter.

In Rom.

Der Demant strahlt im Ringe; so Rom im Städtekranz;
Doch schwächet nicht, Maria, sein Zauber deinen Glanz.

Mathilde.

Deutsche Liebe.

Zu München herrscht die Freude, da pranget Kranz an Kranz;
Der Frühling beut sein Bestes an Duft und Farbenglanz.
Wie Stern an Stern, so leuchten bei Herzog Max im Saal
Die edlen, hohen Gäste vereint am Ehrenmahl.

Mathilde, seine Tochter, gewährt die schöne Hand
Neapels Königssprossen als höchster Minne Pfand.
Der Wonne Fülle thronet in beider Lieben Brust
Und Becherklang verkündet den Wunsch für stete Lust.

Da tritt aus fernem Lande ein Sänger still herein;
Sein Auge sinkt geblendet von all dem lichten Schein.
Willkommen! ruft der Herzog. Das thut dem Zagen gut;
Er greift in seine Laute; er singt mit freiem Muth:

Wie eine Rose blühte in Deutschland eine Maid;
Die Rosen haben Dornen; sie schuf auch manches Leid:
Sie liebte einen Fremden; das war der Heimat Schmerz;
Gar manche Deutsche drängte zum Freien auch das Herz.

Im Kriege sank dem Theuren sein alter Stern, sein Glück;
Er dachte seiner Lieben mit Thränen in dem Blick;
Der Erde Glück verflieget, so sprach er wie ein Traum;
Die schönste Hoffnung welket in meines Herzens Raum!

Da naht der Braut er düster; der Brust entbebt das Wort:
O bleibe bei den Deinen, da ist dein Freudenhort!
Mich hat das Glück verlassen; Verbannung ist mein Loos;
Wie stellte wohl mein Liebstes ich solchem Leide bloss?

Dir sollte fast ich zürnen! entgegnet sanft ihr Mund.
Für Leid wie Freude schliesset die Liebe ihren Bund.
Sie gleicht dem Himmelssterne; es endet nicht sein Glühn,
Wenn, dieses zu vernichten, auch Wolken rings sich mühn.

Sein Kummer flieht von hinnen; sein Auge strahlt in Lust;
Er drückt die liebe Holde voll Feuer an die Brust.
Da jubelt seine Seele: O Frauenherz, es ruht
In deinem Zauberwalten des Lebens höchstes Gut!

Der Sänger schweigt; Entzücken verwehret jeden Laut.
Ein sanftes Roth umfliesset das Angesicht der Braut.
So lieblich leuchtet nimmer der Alpen Silberglanz,
Wenn nahend flicht die Sonne um ihn der Rosen Kranz.

Glück der Nähe.

„Wie lange schliefst du, Herzchen! Ich nahte sorglich, stille
Und dachte dich zu wecken; doch schwankte bald mein Wille.
Ich sah ein holdes Lächeln der Wangen Licht umschweben,
Und wie zu süssem Flüstern die Rosenlippchen beben."

„„Ich scherzte, koste, Trauter, mit dir im stillen Traume;
Nicht immer wird, o Wonne! der Traum zu eitlem Schaume.
Du säumtest mich zu wecken; was war denn da zu bangen?
Du bist und bleibst ja immer mein innigstes Verlangen.

Liebesorakel.

———

„Das Blümchen so zerblättern! Wie kannst du, Lieb, es wagen."
„„Der Minne ublich Proben, ei, Freundchen, macht dich zagen!"„
„Das Blümlein ohne Wissen! — wie kannst du wohl es fragen?
O komm! Mein Herz, sein Schlagen, die können wahr dir sagen."

Scherz und Ernst.

———

„O machte mich der Himmel zu einer Zauberin!
Das wäre für mein Lieben der lieblichste Gewinn.
Du möchtest wohl mich fragen, was würde dann geschehn?
Dich müssten, traun! die Schönen, als Greisen stets nur sehn.

„„Wozu die fremden Künste? wozu der Augentrug?
Du übest, liebes Weibchen, wohl Zauber schon genug.
Du fesselst meine Blicke mit aller Anmuth Macht
Und legst mir in den Busen dein Bild für Tag und Nacht.““

Helene.

Rosen und Liebe.

Im Lenze knospen Rosen, wie jeder wohl erfahren;
Wer wird die Rosenlese auf Winterszeit versparen?
Den Rosen gleicht die Liebe; sie treibt in Jugendtagen;
O säumt euch nicht; geniesset! Die Reue folgt dem Zagen.

Elisabeth.

Trost von Oben.

In Thränen blickt zum Himmel die hohe Kaiserin;
Es lichtet sich im Schauen ihr schwerer trüber Sinn.
Der Liebe erste Blüthe, ihr Kindlein ging zu Grab;
Nun blinkt es unter Sternen auf sie zum Trost herab.

Das erste Lächeln.

Der Knabe schläft im Frieden; die Mutterliebe wacht;
Sie schaut empor zum Himmel und fleht zu Gottes Macht:
„Wohl wurde in dem Kleinen mir Herzenslust zu Theil,
Doch sei er auch geboren dem Land zu Glück und Heil."

„Und kann er nicht das werden; ach! würde er sein Schmerz,
Dann nimm ihn gleich von hinnen, ja bräche selbst mein Herz,
Der Knabe wacht; er lächelt zum erstenmal in Lust;
Die Mutter lächelt wieder und drückt ihn an die Brust.

Gnade über Recht.

„Zum Schutz des Rechtes wurde dem Mann das Schwert gegeben;
Der Kraft bedarf es immer, zu dämmen frevles Streben.
Doch ist der Sieg errungen, dem Rechte Recht geschehen,
Da soll mit seinem Herzen sein Geist zu Rathe gehen."

„Das ist ein Feld, wo Frauen Minister können werden;
Da kann ihr Rathen nimmer den Mannesruf gefährden;
Ich kenne, hoher Gatte, des Weibes stille Pflichten;
Und will, wenn du es wünschest, auf schönes Recht verzichten."

Der Kaiser sinnt; er lächelt: „„Ja, ja! ich darf es wagen;
Wohlan, mein Herzminister, die Meinung vorgetragen!""
Des Kaisers Hand umfasset die Kaiserin in Eile;
Sie fleht so heiss als würde Gewährung ihr zum Heile:

„O sieh empor zum Himmel! Es spendet dort die Sonne
Wohl Allen, Guten, Bösen den gleichen Strahl der Wonne.
Das ist das Bild der Gnade; so muss ein Herrscher schalten;
Die Liebe zähmt das Wilde; o lass dein Herz nur walten!"

„„Wer könnte, spricht der Kaiser, o Gute, widerstehen?
Was immer kommt von Herzen, das muss zu Herzen gehen.
Du hast mir brav gerathen; ich folge ohne Scheuen;
Statt Rosen will ich Gnaden auf deine Wege streuen.""

„O nimm den Dank der Liebe zum voraus für die Gnaden!
Des Himmels Segen folge! Er wende neuen Schaden!"
Da lehnt das Haupt die Hehre an ihres Gatten Brust;
Sie lauscht den frohen Schlägen in stiller selger Lust.

Die Heimat über Alles.

—

Orangen und Granaten bekränzen Berg und Thal;
Ein süsser Duft durchwoget die Auen überall;
Der Himmel wölbt darüber als Zelt sich blau und klar;
Kein Wölklein stellt dem Auge zur Trübung da sich dar.

Durch all den Zauber wandelt die kranke Kaiserin;
Sie blickt auf seine Fülle in tiefem Sinnen hin:
„Ja! herrlich ist, Madeira, dein Farbenschmelz, dein Licht;
Doch ach! die Pracht ersetzet das Glück der Heimat nicht.“

Helene.

Bange Ahndung.

Der Frühling wollte kommen; du, Blümlein, trautest schon;
Der Winter grollte jenem und sah auf dich mit Hohn;
Da fiel ein Schnee zu Thale, ein schaurig kalter Schnee;
Wie that er, zartes Blümlein, dir innen ach! so weh!

Was drängt das Herz dich, Schwester, zur Heimat schon zurück?
Es zittert meine Seele, schon wankt der Hoffnung Glück.
Noch herrscht auf Alpenhöhen die Luft so rauh und wild;
Ach Gott! wie wirst du missen Madeiras Lenzgefild!

Elisabeth.

Schöne Verheimlichung.

—

Von Neuem von den Meinen, nach Corfu soll ich scheiden;
Das will der Rath der Aerzte. Ach, Scheiden bringet Leiden!
Was frommt mit Hoffnungsträumen das Herz sich einzuwiegen;
Ich werde nur zu schnelle dem Doppelweh erliegen!

So spricht die hohe Kranke; zum Himmel steigt ihr Flehen:
„O Herrscher aller Herrscher, dein Wille soll geschehen!“
Sie trocknet schnell die Thräne. „O spende nur mir Stärke,
Dass keines meiner Lieben mein düstres Sorgen merke!“

Helene.

Trost im Hoffen.

Du, Blümlein, wolltest sinken; dir war zu heiss, zu schwül;
Mit ihren Sternlein nahte die Nacht so still und kühl;
Vom hohen Himmel schwebte zu Thal der Perlenthau;
Er tränkte, stärkte wieder dich, Blümlein, auf der Au.

Und hat das Herz zu klagen, so ist die Hoffnung da;
Sie bringt auf raschen Schwingen uns schönren Zeiten nah.
Wohl mag sie oft uns täuschen, doch wird sie gern erneut;
Es wird durch ihren Zauber das Herz ja stets erfreut.

Elisabeth.

Das zartsinnige Telegramm.

Kaum liegt das Schiff vor Anker am fernen Inselstrand,
Da schreibt die hohe Kranke noch matt mit eigner Hand;
„Aus Corfu meine Grüsse! Es scheint mir hold der Ort;
Ich fühle mich erleichtert; der Himmel euer Hort!"

Noch einmal sieht das Blättchen sie schnelle prüfend an,
Ihr Auge glänzt von Thränen: „Wohlan! Auf eure Bahn!
Ihr kehret meine Worte, zur Heimat; welches Glück!
O fliegt! erfreut die Meinen! Ich bleibe ach! zurück.

Helene.

Freud und Leid.

Der Winter bringt uns Leiden; doch muss er wieder scheiden;
Wie wird an Frühlingsfreuden das Aug, das Herz sich· weiden!

Elisabeth.

Die Zeichensprache.

———

Wie hier an diesem Baume so reich Orangen hangen!
Wie lockt doch zum Genusse ihr lichtes goldnes Prangen!
Ich folge eurem Locken; ich thue euren Willen;
Ich sende euch den Meinen, des Sommers Glut zu stillen.

Dort müsst ihr leise sprechen, wenn freundlich sie euch fragen;
Wir hörten sie im Garten gar oft so innig klagen:
Wann reifen auch Orangen für mich und meine Schmerzen?
O heim; o heim! Wie flammet der Wunsch in meinem Herzen!

Scheiden bringt Leiden.

Du kehrst, Helene, wieder zurück in deutsche Auen;
O möge ihre Wonnen auch bald mein Auge schauen!
Dir naht die höchste Freude; ich sollte dich beneiden;
Denn ach! ich muss noch tragen der Fremde tiefe Leiden.

Du thatest, liebe Schwester, zu kurz in Corfu weilen;
Wie schade, dass die Freuden so schnelle uns enteilen!
Dein Kommen gab dem Herzen wohl nicht den vollen Frieden;
Es hat ihm nur die Sehnsucht in regerm Mass beschieden!

Ungeduld der Erwartung.

Zu Corfu an dem Strande, da steht die Kaiserin;
Es spähen ihre Blicke nach weiter Ferne hin:
„Was pochst du so, mein Herzchen? O bange nicht zu sehr!
Kaum kräuseln ja die Lüftchen mit leichtem Hauch das Meer."

Da tönt es von der Warte: „„Des Kaisers Schiff in Sicht!""
Es glühen ihre Wangen in höherm Rosenlicht:
„Zu Schiff! Zu ihm! So schwindet mein Sehnen schneller hin;
So wird des Weges Hälfte der Freude zum Gewinn!"

Schmerz und Trost.

Zu Corfu auf dem Söller, da steht die Kaiserin,
Im Auge lichte Thränen mit stillem düstern Sinn.
Sie blickt zur See hinunter, sie blicket unverwandt;
Es ist als ob ein Zauber ihr Auge festgebannt.

„O führe wohlbehalten den Gatten heim, o Schiff!"
O gnade Gott und schirme die Fahrt vor Sturm und Riff!"
Die Wende folgt der Sonne, so lange diese blinkt;
Ihm folgt ihr Blick, so lange die Flagge grüssend winkt.

„Wie auf das Licht das Dunkel, so folgt auf Lust der Schmerz;
Verzage nicht im Leide; auf Gott vertraue, Herz!
Er lässt ja nach den Nächten die Sonne wiederglühn;
Er lässt auch nach dem Leide die Freude wieder blühn."

„Er hat in Corfu's Lüften mir Körperschmerz gestillt,
Es wird der Wunsch der Seele auch bald von ihm erfüllt!
Er lässt mein schönstes Hoffen wohl nicht zu Schande gehn;
Ich werde alle Lieben auf immer wiedersehn!

Der Dichter.

Muschel und Perle.

O Wogenschmuck, Venedig, dir fiel ein schönes Loos;
Du bist zur Muschel worden; wie Silber glänzt dein Schoos;
Da zieht mit ihren Kindern des Kaisers Gattin ein;
Das ist wohl eine Perle von wundervollem Schein.

Helene.

Die rechte Sphäre.

———

In hohen Lüften blühet das Alpenröslein licht;
Doch unten in dem Thale gedeiht und prangt es nicht;
Die Wasserrose lässt sich im Bad der Fluten sehn,
Doch, wo ihr diese fehlen, da muss ihr Reiz vergehn.

Euch gleichet, o ihr Blumen, so ganz das Menschenherz;
So lässt das Schicksal fluten ihm zu wie Lust so Schmerz;
Wie drückt die Sphäre, welche es nicht die seine nennt;
Wie fühlt es sich beseligt in seinem Element!

Der Dichter.

Rechtfertigung.

Wir sehen keine Lieder Charlottens Namen tragen;
Wie kannst du sie vergessen, so holder Zier entsagen?
So fragen mich die Leute; ja mancher will mich schelten.
Der Schein betrügt; o lasst es den Sänger nicht entgelten!

Wenn duftend purpurhelle uns Rosen blühn entgegen,
Verkündet sich, was Knospen noch stillverborgen hegen;
Und haben meine Lieder der Schwestern Glanz gepriesen,
So ist auch auf Charlotten prophetisch hingewiesen.

Charlotte.

Keine Rosen ohne Dornen.

— — ·

„Im Vaterhause blühen der Maid die schönsten Wonnen;
Was wird doch, sprich, o Mutter! mit einem Mann gewonnen?
Er scheidet uns von jenen und bringt uns manche Leiden;
Am besten, denk ich, ist es, wie Mann so Leid zu meiden!"

„„So sprechen wohl die Mädchen, mein Herz, an jedem Orte,
Doch führt ein schnelles Lüftchen hinweg die spröden Worte.
Die Liebe gleicht der Rose; wer meidet sie zu brechen?
Ihr holder Duft erfreuet, wenn auch die Dörnchen stechen.""

Der goldene Ehrenkranz.

—

„Wie schön der Kranz, o Mutter! Wie herrlich muss er stehn!“
„„O komm und lass mich, Tochter, an dir die Probe sehn!““
„Mir fehlt die Thatenweihe und die verlangt der Kranz;
Erst auf Mariens Locken erschliesst sich voll sein Glanz.“

Die Namen der Geberinnen im Ehrenkranze.

„Im Kranze auf den Blättern da prangen hohe Namen;
O Mutter, sprich, wie diese zu dieser Stelle kamen?"
„„Gar sinnig sind die Künstler; die Namen sollen lehren:
Wer Hohes weiss zu achten, der ist auch selbst zu ehren.""

Helene.

Die Rosenknospe.

Was drängt, o holdes Röslein, dich an das Licht heraus?
Wie, wird dir schon zu enge das stille Blätterhaus?
O sei doch nicht so eilig; geniesse froh dein Glück!
Vergebens sehnest später du dich dahin zurück.

Dich lockt ein mildes Lüftchen; dich lockt der Sonne Strahl;
Doch jenes waltet schnelle als wilder Sturm im Thal;
Gar schnelle wird auch dieser zu arger Flammenglut;
Und ach! du must es leiden; zerblätterst ohne Hut.

Dich drängt es immer weiter; je nun! das ist dein Loos;
Und keiner ringt auf Erden von seinem je sich los.
So flieht die Zeit der Jugend; das Auge merkt es kaum;
Sie schwebt dahin, zerfliesset als wie ein goldner Traum!

Der Dichter.

Die Herzogin-Mutter Ludovika Wilhelmine.

Das Ende krönt die Werke! Wie kann ich das erlangen?
Ich lasse deinen Namen am Schluss der Lieder prangen.

Thränen und Perlen.

Die Thränen werden Perlen. Das ist der Saga Kunde:
Du weintest, Mutter, Thränen in mancher bangen Stunde;
Der Wonne Thauesperlen durchglühn nun deine Blicke;
So hat sich schön die Kunde bewährt zu deinem Glücke!

Die schönste Schau.

Wie schön im Sternenreigen zu sehn des Mondes Glanz!
Doch schöner strahlt die Mutter in ihrer Töchter Kranz!

Der schönste Schmuck.

Es prunkt zu Rom die Schöne mit Gold und Edelstein;
Es scheint ihr Blick zu fragen, was kann wohl schöner sein?
Cornelia doch lächelt daneben still und hold;
Sie blendet nicht der Schimmer von Edelstein und Gold.

„Das ist mein Schatz, mein höchster!" Das spricht sie voller Lust
Und drücket ihre Kinder in Minne an die Brust.
So kannst du, Hohe, rufen im lichten Töchterkranz:
Das ist mein Hort! Wo blühet ein Schmuck mit solchem Glanz?

Leid und Trost.

Ich hörte hohe Weisen in meiner Brust erklingen;
Und sann und rang sie treulich in Wort und Reim zu bringen.
Das ist, ich sag es offen, zum kleinsten Theil gelungen;
Von jenen ist das beste im Innern tief verklungen.

Wohl bleibt das schlimm; doch mildert der Trost den eignen Tadel;
Mein Lied gefährdet nimmer der Hohen Seelenadel.
Wo hat der Werth, der reiche, den Demant je verlassen.
Wenn Einer auch es wagte, sein Licht in Blei zu fassen?

Der Dichter an sich selbst.

Du willst den hohen Frauen das kleine Büchlein weihn?
Was kann es ihnen geben? O lasse klug das sein.
Sein Schönes ist ihr Eigen; ja ihre Seelenlust;
Es blühe, treibe Sprossen noch lang in ihrer Brust!

Die deutschen Frauen.

Dem Schiffer ist auf falschen Meereswogen
Zu sichrer Hut Magneteskraft gegeben.
Bei sanfter Luft, in wildem Sturmesleben
Wohl hat den Freund mit List sie nie betrogen.
Der Beduin, vom Wüstensand umflogen
Sieht über ihm die goldnen Sterne schweben.
Sie leiten mild des Irren Vorwärtsstreben,
· Und wer vernahm, dass je ein Stern gelogen?

Doch ist uns wohl der schönste Hort verliehen;
Es lässt ihn Gott in holden Frauen blühen.
Wie mancher muss die Gnade uns beneiden!
Wir sehn ihr Herz für alles Edle glühen
Und nimmer fehlt es dem an Trost und Freuden,
Der gern sich lässt von ihrer Huld bescheiden.

Nachlese.

Der goldene Ehrenkranz.

Sinnig erkohren die Damen das Gold zum
Stoffe des Kranzes,
Den, Maria, sie dir weihten mit ehren-
dem Sinn.
Schön zwar blühn auch im Freien die Rose,
die Myrthe, der Lorbeer,
Alle stünden dir gut; aber sie welken
zu schnell.
Zeiten hinauf und Zeiten hinab strahlt im-
mer dein Walten,
Und so muss auch der Kranz blühen in
dauerndem Licht.

Unvergänglich.

Gerne vergliche ich dich, Maria, o hohe!
dem Monde,
Der mit tröstendem Licht nächtliches
Dunkel erhellt;
Aber es wechselt der Mond; ihm schwindet
die Fülle der Strahlen,
Während dein Schimmer sich nie ändert
im Laufe der Zeit.

Maria und meine Lieder.

———

Allzubeschränkt für Maria erscheint euch
die Reihe der Liedchen;
Nur in Homerischer Form soll sich erheben ihr Lob.
Prachtvoll strahlt aus der See, ich weiss
es, die goldene Sonne,
Doch aus dem Tropfen Thau schimmert
auch lieblich ihr Bild.

Zur Verständigung.

Wie, ihr nennt es Vergehn, die deutschen
    Frauen zu feiern;
Heimischen Schönen allein sollen die Lie-
    der sich weihn;
Wie, ihr tadelt im Mund des Freien die
    fürstlichen Namen;
Gleiches und Gleiches! der Spruch sei
    auch dem Dichter Gesetz.

O ihr werfet umsonst mir zu den Stachel
    der Worte;
Feire ich Herrschergewalt; werbe für
    solche ich gar?
Nein! ich singe ja nur das Herz, das weib-
    liche, deutsche,
Wie es in Thaten sich schön selbst auf
    dem Throne bewährt.
Freilich! es herrscht dies Herz so recht durch
    die Gnade des Herren,
Doch wer kann, wer will ändern die
    Ordnung der Welt?
Prangen im Lied hochfürstliche Namen, so
    nenne es Sünde,
Jeder, welcher es liebt Hohes zu ziehn
    in den Staub.

Solchen singe ich nicht; ich übe die Rechte
des Dichters,
Welcher das Schöne erfasst, wo er es
immer erschaut.
Sprecht, wer rügt es, wenn einer hinweg von
den Blumen des Thales
Klimmt auf die Alpen und dort freudig
ihr Röslein sich bricht?

Blickt auf die Töchter im Land! sie
lächlen ob euerer Rede;
O sie wissen es gut, dass sie zu ehren ich
weiss.
Ihnen gebührt die Ehre; sie blühn wie
Rosen im Lenze
Und in dem heiteren Blick kündet die
Seele sich an.
Traun! sie verstehen die Kunst, die herrlich-
sten Kränze zu winden
Und wie schlingen sie gerne solche um
liebendes Haupt!
Würdig für Liebe und Lied erschienen mir
immer die Holden
Und manch Liedchen erklang ihnen zu
Preis und zu Dank.
Ueber den Schönen des Tages vergass ich
nimmer die Frauen,
Die aus vergangener Zeit leuchten wie
Sterne auf uns.
Wer vergässe das Mädchen von Arth, das
muthig, zu wahren
Reinheit und Treue, sich selbst stürzte
in Wellen und Tod;

Wer vergässe die List, die zaudernd den
Lüstling getäuschet,
Bis mit der Axt ihm der Mann segnete
strafend das Bad;
Wer vergässe doch wohl des Staufachers
herrliche Gattin,
Welche zum Bunde rieth, gönnend den
Männern den Ruhm;
Wer vergässe die Maid, die minnend den
Helden der Freiheit ·
Oeffnete jene Burg, welche die Feinde
verschloss?
O ich hätte im Lied schon längst die Ho-
hen gefeiert,
Hätte ein Grösserer nicht früher das
Beste gethan.
Einzig stehet sein Werk und keiner ent-
ringt ihm die Palme;
Fehlet die Lust auch nicht, fehlet doch
jedem die Kraft.

Ja, wie blumiger Schmelz den Matten und
Sterne dem Himmel,
Sind sie unserem Land, unsrer Ge-
schichte zum Schmuck.
Unsrer Geschichte und unserem Land? Wer
löst mir den Zweifel?
Zähl ich den Deutschen sie bei, sind sie
das Eigen der Schweiz?
Als sie gelebt und gewirkt, da flatterte
über den Alpen
Hoch das deutsche Panier, hoch der
germanische Aar;

Aber es sank die haltende Hand; es senkte
der Adler die Schwingen
Und das herrliche Reich löste in Trüm-
mer sich auf.
Traun! es nennet der Deutsche mit Recht auch
die Frauen die Seinen,
Da die Schweizer noch lang hielten zum
deutschen Panier.
Wird das zerrissene je sich wieder mit
Strahlen erheben?
Diese Frage — sie löst einzig die wal-
tende Zeit.
Gleiches zu Gleichem! so tönt doch schon
aus gewaltigem Munde;
Ueber Verträge und Recht stellt sich des
Mächtigern That!
Wie, Politik im Lied? Sie stört ein hei-
teres Sinnen.
Und ich flüchte vor ihr gern zu dem
Schönen zurück.

Ja, es nennet der Deutsche die Frauen mit
Recht auch die Seinen;
Eignen wir Schweizer uns doch Schiller
und Göthe auch zu;
Haben vor Kurzem nicht die wackeren
Söhne der Alpen
Jenen am Mythenstein sinnig zu ehren
gewusst;
Setzt uns in Flammen die Brust nicht Fich-
tes begeisterte Rede;
Wandeln zu Schellings Grab nicht wir
mit trauerndem Stolz;

Feiern wir Hermann nicht, der römische
    Ketten zerrissen;
Luther nicht, der kühn Freiheit dem
    Geiste gebracht?
O es ergiesst ein Born sich hüben und
    drüben am Rheine,
Der mit gesegneter Flut Herzen und
    Geister erhebt;
Eine Geschichte verkündet den Gang der
    Erhebung und nennet
Schweizer und Deutsche vereint, die uns
    den Becher gereicht.

Schiller, der Herrliche, wand, der Deutsche
    am fürstlichen Hofe,
Unseren Frauen den Kranz duftig und
    reich um das Haupt;
Führte sie so geschmückt hin über die Wo-
    gen des Rheines,
Führte die Frauen des Volks selbst in
    den fürstlichen Kreis.
Jubelnd empfing sie das Volk; es begrüssten
    sie herzlich die Hohen;
Weimars edelster Fürst tadelte nimmer
    sein Thun.
Nun denn, tadelt es nicht, wenn ein Sän-
    ger im Alpengebirge
Preiset der Frauen Kranz, welcher Ger-
    manien schmückt;
Zürnt nicht, führt er herab zum Volke die
    fürstlichen Frauen,
Dass an den Ufern des Rheins enger
    sich schlinge das Band!
O sie vermögen es wohl, die Schwäche
    des Liedes zu decken
Und mit bezaubernder Kraft Herzen an
    Herzen zu ziehn!

Bemerkungen.

1.

Ueber die vorkommenden Namen.

1. Maximilian, Joseph, Herzog in Bayern, geb. 4. Dezember 1808, k. bayer. General der Cavallerie; Chef des Chevaux-legers-Regiment Nr. 3 und Kreis-Commandant der Landwehr von Ober-Bayern, vermählt 9. Sept. 1828 mit
2. Prinz. Ludovika Wilhelmine, geb. 30. August 1808, des verstorbenen Königs Maximilian Joseph von Bayern Tochter.
   Kinder:
3. Helene, Caroline, Therese, Herzogin von Bayern, geb. 4. April 1834, verm. 24. August 1858 mit Maximilian, Erbfürsten von Thurn und Taxis.
4. Elisabeth, Amalie, Eugenie, Herzogin in Bayern, geb. 24, Dez. 1837, verm. 24. April 1854 mit Franz Joseph I., reg. Kaiser von Oesterreich.
5. Marie, Sophie Amalie, Herzogin in Bayern, geb. 4. Oct. 1841, verm. p. p. 8. Januar und in Person 3. Februar 1859 mit dem damaligen Kronprinzen, jetzigen Könige Franz II. beider Sizilien.
6. Mathilde, Ludovika, Herzogin in Bayern, geb. 30. Sept. 1843, verm. 5. Juni 1861 mit Pr. Ludwig Maria, Grafen von Trani, Bruder des Königs Franz II. beider Sizilien.
7. Charlotte, Auguste, Herzogin in Bayern, geb. 22. Febr. 1487.

2.

Zu Schillers Wilhelm Tell.

In dem Gedichte: Zur Verständigung behaupte ich, dass Fridrich von Schiller die darin bezeichneten Schweizerinnen in seinem Drama gefeiert habe. Dieser Behauptung wird man wohl entgegenstellen, dass das Mädchen von Arth mit keiner Silbe darin erwähnt werde. Ich gebe dieses zu, aber bleibe dennoch bei meinem Ausspruch stehen. Schiller handelte nach der Dichter freier Befugniss und mit feinem richtigen Künstlertakte. Die Frau des Staufachers machte er zur Trägerin der Würde der schweizerischen Weiblichkeit und dieses erlaubte ihm nicht, sie in zweite unoriginelle Stellung zu bringen. Da Staufacher ihr die Gefahren des Krieges vor die Seele hält, da spricht sie ihr für ihn entscheidendes Wort: im schlimmsten Falle werde sie zur Wohnung ihrer individuellen freien Würde den Tod in den Wellen finden. Wie wirksam ist dieser Ausspruch, da er unmittelbar aus der Seele sich hervordrängt; wie wäre er matt, wenn sie auf das Mädchen von Arth als auf ein nachzuahmendes Beispiel hingedeutet hätte? Schiller verschmolz das Mädchen von Arth mit der Staufacherin zu einem schönen einheitlichen Ganzen.

Dass Schiller die Geschichte des Mädchens von Arth nicht gekannt habe, ist nicht anzunehmen. Christian von Stollberg weihte ihm schon im Jahr 1788 einen Chorgesang in einem schon im Jahr 1787 von ihm beabsichtigten jedoch unvollendeten Schauspiel: Wilhelm Tell. Die von Schiller angedeutete Todesart, der Sturz in die Wellen spricht auch für meine Behauptung deutlich genug.

Inhalt.

www.ingramcontent.com/pod-product-compliance
Lightning Source LLC
Chambersburg PA
CBHW032352020726
47499CB00008B/2716